공손한 손

공손한 손

고 영 민 시 집

창비

차 례

제3부 ___

제1부

앵두

그녀가 스쿠터를 타고 왔네
빨간 화이바를 쓰고 왔네

그녀의 스쿠터 소리는 부릉부릉 조르는 것 같고, 투정
을 부리는 것 같고
흙먼지를 일구는 저 길을 쌩, 하고 가로질러왔네
가랑이를 오므리고
발판에 단화를 신은 두 발을 가지런히 올려놓고
허리를 곧추세우고,
기린의 귀처럼 붙어 있는 백미러로
지나는 풍경을 멀리 훔쳐보며
간간, 브레끼를 밟으며

그녀가 풀 많은 내 마당에 스쿠터를 타고 왔네
둥글고 빨간 화이바를 쓰고 왔네

싸이프러스 사이로 난 눈길을 따라

눈이 왔다
싸이프러스 사이로 난 눈길을 따라 너와 함께 걷는다
목도리로 얼굴의 반을 가린 너는 한동안 나를 쳐다보
았고
말없이 다가와 팔짱을 끼어줬다
나는 속으로 행복하다고 말했다
싸이프러스 사이로 바람이 지나가고,
가끔씩 큰 눈보라가 일었다
우리는 뒤돌아 잔뜩 몸을 웅크리고 있다가
바람이 잠잠해질 쯤 서로의 얼굴을 보며 웃었다
나는 속으로 행복하다고 말했다
그때 너와 나의 머리칼과 눈썹, 털옷에는
눈가루가 얹혀 빛나고 있었다
우리는 그때 산사로 연결된 그 길가 나무의 이름이
싸이프러스라는 것을 알지 못했다
나무는 그저 거대하고 의연했다
그 큰 나무는 가끔씩 가지에 얹혀 있던

무거운 눈덩이를 털어내곤 했다
걷는 동안 우리는 자그마한 소리로
거꾸로 자라는 나무에 대해 얘기를 나누었다
이 겨울, 허공에 뿌리를 두고
땅속으로 땅속으로 끝없이 가지를 뻗으며
진초록의 잎새를 늘리고 있는
땀 흘리는 나무에 대한 얘기였다
땅속으로 새들이 날고
그 푸른 허공으로 빗줄기가 쏴, 하고 쏟아질 때에도
나는 몇번씩이나 속으로 행복하다고 말했다
싸이프러스 사이로 난 눈길은
걸어도 걸어도 끝나지 않고
새의 발자국 같은 흔적들이 그 위에 고스란히 남겨졌다
가끔 나는 등뒤에서 누가 부르기라도 한 듯
걸어온 길을 돌아다봤다
소실점처럼 어떤 것으로부터 나무도, 너와 나도
점점 멀어져가고

너도 나처럼 그 길의 후미를 몇번이고 돌아다봤다
그곳엔 몇백년을 한곳에 서서
눈을 맞고, 말없이 얹힌 눈을 털어내고 있는
정오의 싸이프러스가 있었고
그 사이로 난 눈길이 있었다

허밍, 허밍

해질녘 저 밭은 무엇인가
해질녘 저 흐릿한 논길은
해질녘 밭둑을 돌아 학교에서 돌아오는 거미 같은 저
애들은 무엇인가

긴 수숫대
매양 슬픈 뜸부기 울음

해질녘 통통통 경운기 짐칸에 실려가는
저 텅 빈 아낙들은 무엇인가
헛기침을 하며 걸어오는 저 굽은 불빛은 무엇인가

해질녘 주섬주섬 젖은 수저를 놓는
손
수레국화 옆에서 흙 묻은 발목을 문지르는 저 고단함은
해질녘 내 이름 석 자를 적어온
이 느닷없는 통곡은 무엇인가

해질녘, 해질녘엔
세상 어떤 것도 대답이 없고
죽은 사람은 모두 나의 남편이고 아내이고
해질녘엔 그저 멀리 들려오는
웃는 소리, 우는 소리

허밍, 허밍

갈대

어머니가 개밥을 들고 나오면
마당의 개들이 일제히 꼬리를 치기 시작했다
살랑살랑살랑

고개를 처박고
텁텁텁, 다투어 밥을 먹는 짐승의 소리가 마른 뿌리 쪽
에서 들렸다
빈 그릇을 핥는 소리도
들려왔다

이 마른 들판 한가운데 서서
얼마나 허기졌다는 것인가, 나는

저 한가득 피어 있는 흰 꼬리들은
뚝뚝, 침을 흘리며
무에 반가워
아무 든 것 없는 나에게 꼬리를 흔드는가

앞가슴을 떠밀며, 펄쩍
달려드는가

입춘

봄은 오네
강가에는 한 무리의 철새가 모여 있네
모여 있는 곳으로 봄은 오네

강물은 반짝이고
흐름은 졸리네

한 구의 시신(屍身)을 끌고 오네

나는 열두살
오후 세시

내가 갈아엎기 전의 봄 흙에게

산비알 흙이
노랗게 말라 있다
겨우내 얼었다 녹았다 푸석푸석 들떠 있다

저 밭의 마른 겉흙이
올봄 갈아엎어져 속흙이 되는 동안
낯을 주고 익힌 환한 기억을
땅속에서 조금씩
잊는 동안

축축한 너를,
캄캄한 너를,
나는 사랑이라고 불러야 하나
슬픔이라고 불러야 하나

점안(點眼)

까마귀 쓸개 하나가 두어달째 실에 걸려

추녀 밑에 매달려 있다

짙푸른,

풍경(風磬)이다

충충한 방에 누워 있던 백내장의 아버지가

어제처럼 방문을 밀고는, 희끗희끗 눈 속 모기를 쫓으며

찌부려 추녀자락을 올려다봤다

침이 마른다

한점, 갈가마귀가

눈 속으로

까옥까옥 날아갔다

해감

　민물에 담가놓은 모시조개처럼 눈을 감고 있었다 몇번
을 소리쳐 부르자 당신은 간신히 한쪽 눈을 떠 보였다 눈
꺼풀 사이 짠 물빛이 돌았다 마지막으로 당신은 나를 몸
속에 새겨넣겠다는 듯 오랫동안 쳐다보았다 그르렁, 그
르렁 입가로 한움큼의 모래가 토해졌다 간조선을 지나
들어가는 당신의 흐린 물빛을 따라 축축한 한 생애가 패
각 안쪽에 헐겁게 담겨 있었다 짠물을 걸러내며 당신은
물무늬 진 사구를 온몸으로 기고, 몸을 잊으려 한쪽 눈을
마저 닫자 날이 저물기 시작했다 울컥울컥, 검은 모래가
걷잡을 수 없이 토해졌다 나는 당신의 손을 움켜쥔 채 더
깊은 물밑까지 따라들어갔다 여윈 갈빗대에서 해조음이
들려왔다 어느 순간, 이제 오지 마라! 따라오지 말라고
이놈아! 당신의 불호령을 들었다 두꺼운 껍질 밖으로 나
는 움찔, 한순간 떠밀려나왔다 패각을 움켜쥔 채 꼭 사나
흘만 더 묵고 싶다던 당신의 늙은 아내가 밀려나왔다 마
지막으로 당신은 몸 밖으로 검은 해변을 푸륵푸륵, 싸놓
았다 지끄럽던 한 생애가 말갛게 비워지고 있었다

공손한 손

추운 겨울 어느날
점심을 먹으러 식당에 들어갔다
사람들이 앉아
밥을 기다리고 있었다
밥이 나오자
누가 먼저랄 것 없이
밥뚜껑 위에 한결같이
공손히
손부터 올려놓았다

용접

당신과 나는 외따로 떨어져 있다
맞대는 당신의 뼈와 나의 뼈를 붙일까
성기와 성기를 붙일까
그러면 하나가 될까
너의 살을 녹여 나에게 붙일까
나의 살을 녹여 너에게 붙일까
얼굴에 철가면을 쓰고 몰래 남의 살을 훔쳐다가
푸른 토치불꽃을 치어다보며
얼른 당신과 나를 붙일까
신음소리를 붙일까
하하하, 웃음소리를 붙일까
아이 하나를 쑹덩 낳아
잠든 사이 그 아이를 녹여 이음새에 붙일까
살 만큼 사신 팔순의 노모를 홀려
두 눈 딱 감고 이음새에 붙일까
동지와 하지의 긴 밤낮을 붙일까
그 하늘을 돛단배처럼 날던

반딧불이와 하루살이와 잠자리와 비와 눈
해와 달을 붙일까, 우레를 붙일까
불시에 찾아오던 침묵,
초조와 불안의 두꺼운 상판을 붙일까
그러면 얼싸안고 하나가 될까
이 튀는 불똥에 눈은 까맣게 죽고
나는 끝내 무엇을 녹일까
당신과 나, 영영 붙을까

꽃눈이 번져

잠이 오지 않을 때면
누군가 이 시간, 눈 빠알갛게
나를 골똘히 생각하고 있다는 생각이 든다
자꾸만 나를 흔들어 깨운다는 생각이 든다
당신을 만나기 위해
눈 부비고 일어나 차분히 옷 챙겨입고
나도 잠깐, 어제의 그대에게 멀리 다니러 간다는 생각
이 든다
다녀올 동안의 설렘으로 잠 못 이루고
소식을 가져올 나를 위해
돌을 괸 채
뭉툭한 내가 나를 한없이 기다려준다는 생각이 든다
그러다 순간, 비 쏟아지는 소리
깜박 잠이 들 때면
밤은 더 어둡고 깊어져
당신이 그제야
무른 나를 순순히 놓아줬다는 생각이 든다

당신도 지극한 잠 속에 고여 자박자박 숨어든다는 생
각이 든다
그대에게 다니러 간 내가
사뭇 간소하게 한 소식을 들고 와
눈 씻고 가만히 몸을 누이는
이 어두워
환한 밤에는

손톱을 깎는 것은

평상에 앉아 손톱을 깎는다
부러 깊숙이 손톱을 깎는다
손톱을 깎는 것은
참, 사소한 일

팅겨나간 손톱을 하나 둘 주워
치마폭에 모아놓는 것도
참, 사소한 일

차례대로 오른쪽 엄지에서
왼쪽 새끼손톱까지 다 깎는 동안

열 개의 손톱들이 치마폭에
다 모아지는 동안

손톱 아래 그 새살의 감촉이
간지럽게

손끝에 남아 있는 동안

둥그런 등짝 너머,
뜨거웠던 발은 천천히 식고
온종일 꽃잎을 다물고 있던
달맞이는 그새, 노란
말문을 트고

황홀한 국수

반죽을 누르면 국수틀에서 국수가 빠져나와
받쳐놓은 끓는 솥으로
가만히 들어가
국수가 익듯,

익은 국수를 커다란 소쿠리째 건져
철썩철썩, 찬물에 담갔다가
건져내듯,

손 큰 내 어머니가 한 손씩 국수를 동그랗게 말아
그릇에 얌전히 앉히고
뜨거운 국물을 붓듯,
고명을 얹듯,

쫄깃쫄깃, 말랑말랑
그 매끄러운 국숫발을
허기진 누군가가

후루룩 빨아들이듯,

이마의 젖은 땀을 문지르고
허, 허 감탄사를 연발하며 국물을 다 들이키고 나서는
빈 그릇을 가만히 내려놓은
검은 손등으로
입가를 닦듯,

살다 갔으면 좋겠다

처소

누가
제 몸속에서
헐한 양식을 구해오는가

마른 비탈에 서 있는 나무가
돌 속에서
찬물을 길어오듯
사늘한 늑골을 걸어오는
저 가쁜
숨소리

누가
발밑에 커다란 신발 한 켤레를 벗어놓고
누워
제 몸속을,
오장육부를
정처없이 헤매고 있나

쥔 것 없는 손목으로 돌아와
몸 베고
먼저 눕는 하루여

풀섶 같은
어둔, 몸이여

눈

누가 공터 벽에 커다란 눈 하나를 그려놓았다
외눈 벽이 나를 쳐다본다
시선을 외면한 채 그 옆을 지나간다
내가 보지 않은 사이,
벽이 눈을 한번 깜빡인다
눈 깜빡할 사이
걷던 내가 사라졌고
도로 나타난다
벽은 다시 원래의 눈으로
나를 쳐다본다
시선을 외면한 채 그 옆을 지나간다
내가 보지 않는 사이,
벽이 눈물 한방울을 떨어뜨린다
외눈 벽이
눈물 한방울을 떨어뜨리는 사이
나는 슬픔에 복받쳤고
다시 아무렇지도 않다

벽은 다시 원래의 눈으로

나를 쳐다본다

시선을 외면한 채 그 옆을 지나간다

내가 보지 않는 사이,

벽이 잔뜩 눈을 흘겼다가

슬며시 윙크를 한다

외눈 벽이

내내 품은 원망

내내 품은 사랑을 전하는 사이,

나는 두렵다가

두근두근 가슴이 설렜다가

다시 아무렇지도 않다

누가 저 벽에 커다란 눈 하나를 그려놓았나?

당신의 입속

여섯살 된 딸이 생선을 먹다가 목에 가시가 걸렸다 밥
한 숟가락을 떠 씹지 말고 삼키라 했다 딸아이는 울며 입
속의 밥을 연신 우물거린다 씹지 말고 삼켜라 그냥 씹지
말고!

어릴 적 나도 호되게 생선가시 하나가 목에 걸린 적이
있다 밥이 삼켜지지 않았다 아버지는 직접 밥 한 숟가락
을 떠 꿀꺽, 씹지도 않고 삼켜 보였다 그리고 아, 입을 벌
려 당신의 입속을 나에게 보여주었다

숨의 기원

1

이불 밖으로 나온 딸아이의 다리를 슬며시 이불 속으로 넣어줍니다 아이는 슬며시 눈을 떠 나를 한번 쳐다보고는 다시 잠이 듭니다

저렇게 보는 것은 보는 것이 아닙니다
기억할 수 없습니다,
잠결입니다

잠은 다시 딸아이의 눈을 감기고 가슴을 부풀려 숨을 고르고 세월을 만듭니다 숨소리는 영혼이 나갔다가 갈 곳이 없어 다시 제집을 찾아오는 아득한 소리입니다 날숨은 어제 같고 들숨은 오늘 같습니다

2

팔을 뻗어 딸아이가 제 어미의 옷섶에 손을 찔러넣습니다 아내가 잠결에 슬며시 눈을 뜨고는 벽에 기댄 채 무

릎을 안고 있는 나에게 왜, 안 자고 있어?라고 물어보고
는 다시 잠이 듭니다

　저렇게 묻는 것도 묻는 것이 아닙니다
　기억할 수 없습니다,
　잠결입니다

　우리가 손을 내밀어 무언가를 가만히 그러쥘 때 얼마
나 많은 시간들이 그 안에 웅크리고 있을까요 무언가를
가만히 쥐고 싶어 부러 빈손을 한번 움켜쥐는 밤입니다
나는 등으로 전해오는 냉기와 이불 밖으로 잠깐 삐져나
왔던 딸아이의 한쪽 다리와 작은 손에 쥐어진 아내의 따
듯한 유방을 생각합니다

　　3
　딸아이도, 아내도 숨이 깊어집니다 일순 겹치기도 하
고 어긋나기도 합니다 아이의 숨은 짧고 아내의 숨은 더

멀리까지 갔다가 돌아오는 발품입니다

　이제 앞강으로 물을 거슬러오르는 물고기들이 차갑게
알을 슬어놓고는 한생을 전해주려 떠내려올 시간입니다
방 안은 온통 숨소리뿐입니다 나는 딸과 아내의 숨소리
사이로, 내 숨소리를 유심히 들여다봅니다

　어디를 갔다 오는 곡절입니까,
　기척입니까

모과라 부를 수 없는 것

여물지도 않은 풋모과 몇개가
낙태된 듯 떨어져 있다
집어들고 코에 대보니
아무런 냄새도 나지 않는다

숨소리도 없다
있었던 자리조차 없다

이걸 나는 무어라 불러야 할까
허공에 향기를 걸어보다
둥지에서 떨어진
새 새끼와 같은,
이 슬픈 것을

민박

바람도 없는데 시든 수숫대 허리가
소리도 없이 꺾어진다
점봉산 고갯마루 너머 하늘을 타고
황조롱이 한 마리가 높다랗게,
동그라미를 그린다
마루 끝에 잠시 허리를 내렸다
민드름히 하늘을 올려다본다
한로며 상강도 머지않았다
강기슭의 들국화 밭엔 기러기 울음이
종잇장처럼 나릴 것이다
용화사의 젊은 벙어리 스님이
햇살을 등지고 구절초를 달이는지
저녁 바람이 쓰다
이유 없이 또 눈물이 나왔다

쌀이 울 때

마른 저녁 길을 걸어와
천천히 옷 벗어 벽에 걸어두고
쌀통에서
한줌,
꼭 혼자 먹을 만큼의
쌀을 퍼
물에 담가놓으면
아느작, 아느작
쌀이 물먹는 소리

어머니는 그 소리를 쌀이 운다고 했다

한김 나간 뒤

얘야, 밥은 그리 푸는 게 아니지
살살살 뒤집어
돌이켜,

한김 나간 뒤

제2부

멈춰라, 토끼

눈보라 몰아치는 새하얀 들판
먼 길 끝
희끄무레한 작은 점
하나가 다가온다
점은 조금씩 자라 깡충깡충
형체가 되고, 깡충
여자가 되고, 깡충
아내가 되고, 깡충깡충
작부가 되고, 깡충
떠들썩한 수레가 된다
눈은 밤새 그치지 않아 쌓이고
길 끝
뭔지 모를 희끄무레한 작은 점 하나
아침이 되자
다시 이쪽을 향해 뛰어온다
깡충
깡충

여자가 되기 전,
아내가 되기 전,
작부가 되기 전,
그 아슬아슬한
점 하나가 증발하면서

다알리아

두릅의 새순이 돋는다
이맘때, 얼레지 잎도 핀다
낯빛이 밝은 대낮이다
그 입구를 오랫동안 환하게 들여다봤다
며칠 전부터 흔들리던
막내딸의 앞니를 뽑아
지붕마루 멀리까지 던져주었다
까막까치야 물어가라 ─
오늘도 나는 삼밭처럼 외롭다
비탈 아래 가만히
마른 짚을 덮고 있는
일년근처럼
내 앉은 그늘자리가 무추름하다
내 몸 어디 추녀 끝,
달궈졌다가 이내 식은
골 파인 양철지붕 위에선가
저녁 새가 와서

저물도록, 저물도록
서른셋에 죽은 내 형처럼
캄캄하게 운다

평상

볼일을 보려고,
읽던 책을 잠깐 평상에 내려놓았는데
휘리릭, 바람이 잠깐 사이 책의 반을 읽고 간다
삼복에 끙끙 오기로 잡고 있던
왕필본 노자(老子) 한 권을 침도 묻히지 않고
단숨에 반을 읽어 넘겨버렸다

책장 넘기는 것을 서서 지켜본다 휘릭, 휘릭
더이상 장(章)이 넘겨지지 않는다
뻔하다는 걸까
나무 아래 매미소리만 무위(無爲)하다
불가슴에 냉수 한 사발을 들이키고
읽던 쪽을 찾아 가만히 책을 엎어놓았다
한 평 공터,
널평상 같은 하늘 아래
수수머리가 간당거린다
붓자루 같은 미루나무 끝이 논다

책 따위가 무슨 재미랴,
바람아

누우면 눈이 감기고
일어서면 눈이 떠지는 인형처럼

누워 있다
누워 있으므로 눈이 감겨 있다
눈을 뜨고 싶어도 한 꺼풀, 돌무더기에 눌린 듯
도무지 뜰 수 없는
이 환한 대낮에 쿨쿨 자고 있다

일어서 있다
일어서 있으므로 푸른 눈을 뜨고 있다
잔뜩 핏발이 돋아 있다
눈감고 한잠 달게 자고 싶은
이 깊어 고단한 밤, 영영 감을 수 없는 눈으로
내내 깨어 있다

뉘어졌다가 잠깐 일으켜졌다
잘 우는 아이에 의해,
천천히 눈을 감았다 뜬다
먼 곳에서는 종소리, 삼색제비꽃 향기

일으켜졌다가 잠깐 뉘어졌다
잘 우는 아이에 의해,

도로 눈을 감는다
먼 곳에서는 달빛, 금달맞이꽃 향기
환한 어둠이 왔다,
간다
그사이, 눈은 텅 빈 항아리처럼 깊고
묏등처럼 무구하다

깻대를 베는 시간

깻대는 이슬이 걷히기 전에 베는 법
잘 벼린 낫으로 비스듬히 스윽, 당겨 베는 법이라고 당
신은 말했네
무정한 생각이 일기 전
밤이 다 가시기 전, 명백한 낮빛이 다 오기 전
조금 애처롭게
슬픔의 자리를 옮겨놓듯 천천히 베는 법이라고 말했네

아침밥을 먹기 전의 시간
곤한 숨소리가 남아 있어 세상이 아직은 순정해져 있
을 때
쓸쓸하게 낫에 베이는 깻대여
하지만 이슬은 사라지고 마는 것
깻대를 베는 것은 어쩜 내 안에 와 있는 당신을 가르는
것과 같아서
가만히 와서 가만히 가는 것을 일부러 가르는 것과 같
아서

터지는 슬픔 같은 것이어서

깻대는 마음 축축하게 베는 것이라고 당신은 말했네
이 밭에 첫모를 옮길 때를 생각하며
그늘 속에 잠든 당신을 탁탁탁 두드려 틸 때를 생각하며
싸락싸락 깨알이 바닥에 쏟아질 때를 생각하며
덜 아프게 덜 아프게 베는 법이라고 말했네

아침햇살이 큰 수레를 끌고 와 비로소 한 계절 가만히
저물다 간 것들을 옮겨싣고
깻대를 베는 것은
여기 있는 나와 저만큼의 당신 같은 것이어서
베인 깻대를 묶어 밭가에 세워두는 일은
이슬이 걷히기 전,
꼭 그때에 해야 하는 것이라 당신은 간곡히 말하고

네 입속에 혀를 밀어넣듯

그동안 저 가지를 지그시 물고 있던 것은
모과의 입이었을까

네 입속에 혀를 밀어넣듯
나무는 저 노랗고 둥근 입속에 무엇을 집어넣었을까
부드러운 혀였을까
입김이었을까

가진 것 없이 매달린 내가
너에게 오래오래 가닿는 길은
축축하고 무른 땅에 떨어져 박히는 것
네 입속에 혀를 밀어넣듯

거부해도 네 입속에 혀를 밀어넣듯
다시 혀를 밀어넣듯

책의 등

책꽂이에 책들이 꽂혀 있다
빽빽이 등을 보인 채 돌아서 있다
등뼈가 보인다

등을 보여주는 것은
읽을거리가 있다
아버지가 그랬고
어머니가 그랬다
절교를 선언하고 뛰어가던
애인이,
한 시대와 역사가 그랬다

등을 보이는 것은 지는 것이 아니다
잠깐 다른 곳을 보는 것이다
옷을 갈아입는 네가
부끄러울까봐
멋쩍게 돌아서주는 것이다

크고 넉넉한 옷

옷을 벗을 때,
검은 바지의 길고 깊은 통로에서
여윈 다리를
천천히 빼낼 때

소매를 잡고 한 팔, 한 팔 빼내고
표정이 없는
얼굴을 천천히 빼낼 때

너에게서,
나의 뭔가를 가만히 빼낼 때
나는 슬프다

바지를 벗는 동안
걸음은 캄캄한 옷 속에 있고
윗옷을 벗는 동안
얼굴은 캄캄한 옷 속에 있고

눈도, 코도, 입도
어쩔 수 없는 표정도,
입맞춤도
옷 속에 있고

텅 빈 옷은 우두커니 흰 벽에 걸리네

목련에 기대어

활짝 핀 목련꽃을 표현하고 싶어
온종일 목련나무 밑을 서성였네
하지만 봄에 면해 있는 목련꽃을 다 표현할 수 없네

목련꽃을 쓰는 동안 목련꽃은 지고
목련꽃을 말해보는 동안
목련꽃은 목련꽃을 건너
캄캄한 제 방(房)에 들어
천천히
귀가 멀고 눈이 멀고

휘어드는 햇살을 따라
목련꽃 그림자가 한번쯤 내 얼굴을 더듬을 때
목련꽃은 어디로 가는 걸까

이 봄 내내 나는 목련꽃을 쓸 수도
말할 수도 없이

그저 꽃 다음에 올 것들에 대해
막막히 생각해보는데

목련꽃은 먼 징검다리 같은 그 꽃잎을 지나,
적막의 환한 문턱을 지나
어디로 가고
말라버린 그림자만 후두둑,
검게 져내리는가

무늬

서산에서 과수원을 하던 넷째 형이
감전사고로 죽기 전,
속초에 살던 셋째 형은 이유 없이
며칠을 앓았다

중국 한나라 때 미앙궁에는
커다란 종이 있었는데
서쪽의 동산(銅山)에서 캐어낸
동(銅)으로 만들었다
어느날, 누가 건드리지도 않았는데
이 종이
숨죽여 울었다

그날, 서쪽의 동산이 붕괴되었다
당신은 내가
한 달도 못 견딜 거라고 했다

저수지

마을 한가운데 저수지가 있다 수로(水路)를 따라 물들이 흘러간다 빠르게 빠르게 물들은 풀잎을 치며 흘러간다 물가로 몇몇 아낙들은 물면 깊숙이 팔을 찔러 우렁이를 건지고 외지에서 온 낚시꾼들은 긴 낚싯대를 드리운채 가끔씩 붕어를 허공으로 끌어올린다

그해, 바닥이 갈라진 저수지에서 나는 집에서 기르던 개를 잡겠다고 자청했다 꼬리를 치며 따라온 개의 주둥이를 고무줄로 감아 묶고 먼발치에 서 있었다 개는 발버둥 치면서도 끝내 숨을 끊지 않았다

개를 풀어주었다 개는 한동안 기진하여 헐떡이다가 저수지의 마른 바닥으로 사력을 다해 달아나 둥근 물고기가 되었다 그날 나는 거대한 민무늬토기의 밑바닥 같은 저수지 한복판까지 걸어들어갔다 하얗게 말라버린 피라미와 붕어, 가물치 새끼가 보였다 누군가가 불을 피워놓고 놀았는지 소복이 쌓여 있는 검은 재와 벗겨진 팬티, 깨진 소주병도 가라앉아 있었다 물이 차오르면 이곳은

내 키의 열 배도 넘을 수심(水心), 나는 물고기떼를 이끌
고 저 위를 헤엄쳐 건넌 적이 있었다 수면을 올려다보자
어른거리는 물 위로 숨을 몰아쉬며 철벙거리는 나의 작
고 흰 뱃바닥, 갑자기 나는 숨이 차올랐다

　비가 오기 시작한다 금이 간 마른 저수지에 물이 고였
다 저수지는 바다에 찍힌 사람들의 수많은 발자국과 쓰
레기와 밤사이의 희희덕거림과 알 수 없는 살의(殺意)를
묻어버리기 시작한다 비는 사나흘 그치지 않고 거짓말처
럼 물고기들은 물속을 헤엄쳐다닌다 어떻게 이 마른 바
닥에서 끝까지 살아남을 수 있었을까 다시 외지의 낚시
꾼들이 모여들고 어느날은 내막을 알 수 없는 아득한 밑
바닥에서 누군가가 브래지어 하나를 낚시로 끄집어올린
다 월척이군! 한바탕 웃음소리가 훌러덩 가슴이 벗겨진
저수지를 메운다 나는 괜히 건너편에서 돌멩이를 주워
저수지 한복판에 던진다 일제히 낚시꾼들이 나를 쳐다본
다 나는 다시 돌멩이를 주워 더 멀리까지 던진다 그때마

다 컹컹, 수면은 커다란 동심원의 입을 벌려 나를 향해
사납게 사납게 짖어댄다 간혹 어떤 파문은 발밑까지 다
가와 꼬리를 흔들기도 했지만 한때 나는 너를 죽이려 했
으므로, 더이상 개의 주인이 될 수 없었다

거울

지난주말 시골집에 갔는데 우리집에 참, 이상한 새 한
마리가 산다. 배 쪽은 짙은 밤색, 등 쪽은 검은색, 깃에는
흰색 점이 박힌 참새만한 새인데 이 새는 하루종일 마루
에 걸어놓은 거울에 와서 논다. 파르르, 날갯짓을 하며
거울을 오르락내리락하는데 어머니 말씀대로, 살면서 세
상에 별놈의 새를 다 본다. 거울 속 제 모습을 두고 짝이
라고 생각하는 듯싶다. 저녁 무렵, 아버지가 이런 말씀을
하신다. 여름에 안방으로 새 한 마리 들어왔기에 들고 있
던 파리채로 그만 후려갈겼다. 그게 짝인갑다. 아버지도
참…… 그래서 내가 팔순의 아버지께 왜, 그 새를 죽였냐
고 난생처음 버릇없이 화를 내었다. 그리고 내 얼굴이 비
치는 그 마루의 거울 속을 오랫동안 들여다보았다.

매미

울음을 뚝, 멈추는 것

울음 속에 울음을 섞는 것

울음 속에 몰래 제 울음을 섞다가

들키는 것

다시 목청껏 우는 것

검은 발자국

밭두렁 위,
아버지가 찍어놓은 발자국에 슬그머니 내 발을 밀어넣
어본 적이 있지

아버지의 큰 발자국을 신고
검고 헐렁한 그 발자국을 신고
아버지의 혼령처럼
꼬옥 입을 다물고
무른 밭두렁을 눌러 걸어오다
흠흠, 헛기침을 하고
발목이 무거워져
발목이 무거워져
한동안 수숫대처럼 멈춰서서
아──
저물어간다는 건
이렇게 노을을 입고 시간이 사람처럼 늙어간다는 것
내 신고 있는 검은 발자국 속

늙은 아이처럼,

아랫논배미의 뜸부기가

드문드문

울었다가 그치는 소리

아랫목

한나절 새끼 낳을 곳을 찾아 울어대던
고양이가 잠잠하다
잠잠하다

불을 지피려 아궁이 앞에 앉으니
구들 깊은 곳 새끼고양이 울음소리가
야옹지다

오늘밤, 이 늙은 누대(累代)의 집은 구들 속
새끼를 밴 채 진통이 심하겠다
불 지피지 마라
불 지피지 마라

냉골에 모로 누워 식구들은 잠들고
나 혼자 두렷이 깨어
바닥에 귀 대노라면
내 귀 달팽이는 감잎만큼 커졌다가

연잎만큼 커졌다가

쉿, 누가 들을까
어미는 발끝을 든 채 새끼를 물어
눈 못 뜬
자리를 옮기고 또,
자리를 옮기고

머루

새끼를 두 번 지우고 유두가 검어졌대지
유두가 검은 년은 남자 복이 없다는데,
봐라, 네년도 나처럼 남자 복은 글렀네

넝쿨에 기대앉아
눈감고 생각하건대
한때 네 눈이 생기던 그곳을
머루라 하고,
아예, 캄캄한 네 이름을 머루라 하고

너도 나처럼
유두가 검고,
머루는 익고,
너는 새끼를 두 번 지우고
유두가 검어졌대지

슬픈 부리

제 짝이 죽자
먹지도 않고 몸의 깃털을
부리로 뽑아내던 앵무새 한 마리를
TV 프로그램에서 본 적이 있다

몸에 꽂힌
깃털 수만큼의 슬픔아

늦가을, 용문사 앞뜰
제 부리로 노란 깃털을
무한정 뽑아내고 있는
저 늙은 은행나무의 짝은
누구였을까

젖은 모래의 여덟시

덤프트럭 한 대가 공사장 옆에
멈춰서더니
더디게 제 몸의 짐칸을 기울이고 있다

새끼를 낳는 늙은 개처럼
조금씩,
몸이 기우는 동안

실려온 젖은 모래들이
눈을 깜짝이며
바닥에 천천히 부려지고 있다
무작정 기어가고 있다

여덟시,
한 인부가 아직 물비린내가 가시지 않은
모랫더미에 쿡, 삽날을
박아놓는다

데미안

양계장 하던 우리집
3만 마리 닭이 있었다
산란계가 2만 마리,
1만 마리는 이제 알집을 만드는
어리고 순진한 닭들
학교 갔다 돌아오면 매일
형과 함께 2만 개
알을 수거했다
오늘 2만 개 알을 수거하면
다음날 닭들이 2만 개의 알
그 자리에 또 갖다놓았다
매일매일 죽어라 갖다놓았다
이 쳐죽일 놈의 닭,
맨날 처먹고 알만 낳네
꼬끼오, 성대 삐뚤어진 소리로
닭들이 막 웃었다

과수원

내가 하는 일은 농약이 바닥에 가라앉지 않도록 하루 종일 약통을 저어주는 것이었다 아버지는 중간에서 호스를 당겨주는 어머니의 도움으로 만평 과수원의 사과나무 한 그루 한 그루 빠짐없이 농약을 쳤는데

챙이 넓은 모자를 쓰고 햇빛에 앉아 막대기로 커다란 농약통을 젓는 것이 여간 지루하고 심심한 일이 아니어서 나는 그 긴 막대기로 약통 안에 영어 스펠링도 쓰고, 씨발이라고도 쓰고, 보지라고도 쓰고, 막대기를 빠르게 휘저어 회오리를 만들기도 하고, 내가 좋아하는 양인순의 이름도 썼다가 지우기도 하고

그런데 이게 어찌된 일인가? 한나절 사과나무에 약을 친 아버지가 물큰 농약냄새를 풍기며 내게 걸어와 마스크를 벗으며 하시는 말이, 너 하루종일 약통에다 뭐라 썼는지 내 다 안다, 내 머리통을 어루만지며 웃으시는데

내가 저은 약통의 농약이 어머니가 당기던 길고 긴 호
스를 타고 흘러 아버지가 들고 있는 분무기 노즐을 빠져
나올 때 ~발씨발씨발, ~지보지보지 이렇게 나왔던 걸
까, 아버지랑 어머니는 농약에 취해 휘똘휘똘 집으로 향
하고 나는 국광처럼, 홍옥처럼, 아오리, 부사처럼 얼굴이
자꾸만 빨개졌다

제3부

비비추

비비추라는 꽃이름을 처음 들었을 때
나는 한번 본 적 없는 그 꽃을
왠지 알고 있는 듯도 하네
그 꽃은 누구에게서 잠깐 빌려온 저녁
그 먼 곳의 가짓빛 하늘과
꽃대
단지 이름만으로도 떠오르는 희디흰 얼굴 너머
약간 문드러진 목소리

그러다 결국엔
속속들이 너를 다 알아버릴
어느 슬프고도 멋모를
저녁 한때의 시간

비비추라는 꽃이름을 처음 들었을 때
나는 한번 본 적 없는 그 꽃을
오랫동안 그리워한 적이 있는 듯도 하네

밤새 손전등을 들고
기웃이 네 부근을 서성이던
강기슭과 젖은 물관부 너머
불 꺼진 울타리와
잠들기 위해 찾아간
개개비 둥지, 눅눅한 바위 밑
움푹 파인 그 자리

비비추라는 꽃이름을 처음 들었을 때
나는 이내 잔잔해질 귀에 대고
아주 오랫동안 소곤거린 듯
그저 비비추, 비비추
몇번이고 중얼거려보는 것이네

막간

맑은 하늘을 빌려 친정집 뒤란으로 한소끔 여우비가
쏟아졌다가 가시는 사이라

내가 깜빡, 대청마루에 앉아
나를 놓고 있을 때
누벗누벗 네가 들어왔다
숫기 없이 빠져나가는 그 사이라

끓었던 국 냄비가 넘쳐올라
불의 목을 댕강 치고는
제 배에 은장도를 꽂고 까무룩 자진(自盡)하는

늦은 저녁, 산(山)만한 누렁소를 데리고
검은 남편이 집으로 올 때,
느린 걸음으로 오는 어둠과 어둠 사이
그 목덜미의 남루한 워낭소리라

물목

봄날, 청둥오리들이
물 홑청을 펼쳐놓고
바느질을 하고 있다

잔잔히 펼쳐놓은 원단을
자맥질하여
일정한 땀수로 꼼꼼히
박음질을 하고 있다
겨우내 덮고 있던 너희들의 낡고 큰 이불

제법 큰 놈은 한번에 두 땀, 석 땀씩
꿰매고 있다

꼼꼼하여
바늘땀이 보이지 않는다
다만, 헐겁던 수면이
팽팽하다

저녁에 이야기하는 것들

이 저녁엔 사랑도 사물(事物)이다.
나는 비로소 울 준비가 되어 있다 천천히 어둠속으로
들어가는 늙은 나무를 보았느냐,
서 있는 그대로 온전히 한 그루의 저녁이다.

떨어진 눈물을 주울 수 없듯
떨어지는 잎을 주울 수 없어 오백년을 살고도 나무는
기럭아비 걸음으로
다시 걸어와 저녁 뿌리 속에 한해를 기약한다.
오래 산다는 것은 사랑이 길어진다는 걸까, 고통이 길
어진다는 걸까.
잎은 푸르고, 해마다 추억은 붉을 뿐.

아주 느리게 고개를 들어 하늘을 올려다보고 있는 저
나무의 집주인은 한달 새 가는귀가 먹었다.
옹이처럼 소리를 알아먹지 못하는 나이테 속에도
한때 우물처럼 맑은 청년이 살았을 터이니,

오늘밤도 소리를 잊으려 이른 잠을 청하고
자다 말고 일어나 앉아 첨벙, 몇번이고 제 목소리를 토
닥여 재울 것이다.

잠깐, 나무 뒤로 누군가의 발이 보였다가 사라진다.
나무를 따라와 이 저녁의 깊은 뿌리 속에 반듯이 눕는
것은 분명
또다른 너이거나 나,
재차 뭔가를 확인하려는 듯 혼자 사는 저 나무의 집주
인은 낮은 토방에 앉아
아직도 시선이 집요하다.

날이 조금 더 어두워지자
누군가는 듣고, 누군가는 영영 들을 수 없게
나무 속에서 참았던 울음소리가 비어져나온다.

아직도 어둡고 찬

불을 지피는 동안
마음이 쉬고 생각을 보내고
돌이켜,
다시 돌이켜
헐한 몸속에
헐한 몸을 넣어보듯

한때 이 마른 나무가 내게 열일곱 가마니의 그늘을 주
었듯
다시 온 그 따스함을 받아
한 홉 한 홉
네 숨골을 만지듯 세며
내 아버지가
저 아궁이 속에 숨어
목숨을
목숨을
연명했다는

슬픈 전설을 떠올려보기도 하는 것인데

불은 그저 불!
가만히 아랫목에 곱은 손을 넣어보듯
캄캄한 구들을 만지고는
연기로
연기로
사라지니,
저 불이 하늘에 옜다!
부지깽이를 던지고
툭툭, 바지를 털고
일어나
일어나

눈과 황소

눈이 온다

눈이 오는 산등성이에 황소가 묶여 있다

황소는 묶여 있고 눈이 온다

황소의 큰 눈을 닮은 눈이 황소의 새끼를 친다

눈은 그렁그렁 황소를 닮았다

울음소리를 닮았다

울음소리를 따라 황소를 닮은

함박눈이 온다

어미를 따라온 어린 눈이 황소의 등에 얹힌다

젖을 물듯 허공을 치받으며

눈은 오고

젖은 쇠방울 소리는 오고

황소는 묶여 온종일 잔등에 얹힌

제 새끼의

흰눈을 턴다

꽃과 저녁에 관한 기록

노을이 붉다. 무엇에 대한 간곡한 답례인가. 둑방에 매인 염소 울음소리가 하늘 끝까지 들렸다. 배롱나무 가지엔 꽃이 얼마 남아 있지 않다. 백일 동안 붉게 핀다는 이 꽃은 언제 처음 이 가지 끝에 달렸을까. 문간에 앉아 담배 하나를 피워 물고 가늘게 눈을 찌부리며 꽃의 처음을 생각했다. 저 꽃은 자신의 진분홍이 내내 설렜을까. 하루하루 지워나가는 백일의 생은 무엇이었을까. 아마도 잠들지 못한 날들이었을 것이다. 끝물의 꽃은 처연하면서 아름답다. 하지만 그 기억도 이젠 곧 희미해질 테지. 파밭 사이로 그때나 지금이나 지루한 몇채의 함석집이 놓여 있고 미루나무가 서 있고 둑방 너머의 갯벌 한쪽 염전에는 삐그덕, 수차를 돌리는 검은 씰루엣이 보일 뿐이다. 더 어두워지면 그도 저 둥근 쳇바퀴를 내려와야 할 것이다. 하지만 나에게도 그에게도 오늘 이 하루 등뒤에 고스란히 남는 것은 흰 소금꽃뿐. 또 백일을 고스란히 살아버린 꽃이 저녁 바람 속에 한 숭어리로 진다. 그리고 풍경의 어떤 것도 그 떨어진 꽃을 다시 줍지는 않는다. 울음

소리로 보아 멀리 논에서 놀던 오리들이 이젠 제집으로
가고 있다

꽃무릇

잎은 잎으로 살다 가는 것
꽃은 꽃으로 살다 가는 것

아비 없이 나는 아비가 되고
어미 없이 너는 어미가 되어

꽃인 듯 잎인 듯
잎인 듯 꽃인 듯

꽃마냥,
아니 잎마냥,

잎새는 꽃 없이 돋았다 지고
꽃은 잎 없이도 혼자 피었다 지네
본 적도 들은 적도 없는,

제 안에 키운 꽃이여
제 안에 키운 잎이여

겨울강

강은 얼음을 지치던
아이 하나를 통째로 삼킨다

꼭 다문 입
얼음은 장벽처럼 두껍다
되새김으로 깊어지는 강

강은 아직도 아이를 먹고 있나
다물고 있지만 속으로
달게 우물거린다

얼음 밑
아이 얼굴의 잉어
아이 얼굴의 가물치
아이 얼굴의 모래무지
아이 얼굴의 세(細)모래
강물, 강물

효자

추석 전날, 환갑이 지난 맏형이 어머니께 드린다고 선물을 꺼낸다. 난데없는 바바리맨 인형, 잔뜩 옷깃을 세우고 검은 안경을 낀 바바리맨이 식구들 앞에 나타났다. 순간, 야! 하고 형님이 소리치니 으하하하! 웃음소리와 함께 바바리맨이 앞자락을 열어젖힌 채 심벌을 아래위로 흔들어댄다. 심벌은 거대하고 사실적이라, 며느리들은 민망하여 고개를 돌리고 팔순의 어머니는 눈물까지 닦으시며 웃으신다. 인형은 소리를 치면 반응을 하는데 어머니가 갑자기 바바리맨을 향해 영민아, 하고 소리를 친다. 으하하하! 웃음소리와 함께 바바리 자락을 열어젖히고 심벌을 어머니 앞에 흔들어댄다. 방 안은 온통 으하하하! 이어 여섯 아들들이 한명씩 차례대로 불려나와 어머니 앞에서 자랑스레 심벌을 흔들어댄다. 어머니는 과수원을 하다 사고로 죽은 넷째 형도 불러세우고 그 죽은 아들 역시 어머니 앞에서 으하하하! 거대한 심벌을 흔들어댄다. 바바리맨은 시골집 안방 텔레비전 위에 깃을 여민 채 오늘도 대기중이다. 고단한 저녁, 어머니는 가끔씩 아들의 이름을 소리쳐 부르고 그때마다 바바리맨은 아무것도 부끄럽지 않은 알몸으로 으하하하! 가장 크고 자랑스러운 자지를 흔들어드린다.

모과불(佛)

설풋한 모과 하나를 주워다가
책상에 올려놓았다
저 흉중에도 들고나는 것이 있어
색이 돋고 향기가 난다
둥근 테두리에 들어 있는
한컨 공중(空中)
가끔 코를 대고
흠, 들이마시다보면
어릴 적 맡은 어머니 겨드랑이 냄새가 났다

모과의 얼굴 한쪽이 조금씩 썩기 시작했다
모과 속에 들어 있던 긴 시간
한여름의
그늘냄새, 매미소리

내 방 허공중에
매일 하루치의 제 것을 조금씩 꺼내 피워두던

모과 하나가
말끔히 한몸을 태워
검은 등신불로 앉아 있다

곡우

날이 흐리다, 흐리고 비가 왔다
그사이 누가 다녀가셨나
흰꽃은 피었다 졌네

마당엔 발자국
얼마나 주춤거리다가
대문을 들어섰는가, 그대는

널어놓은 검은 빨래를 누가 걷어놓았을까
나 없이 볍씨를 담그고,
뜬 벼를 걷어내고
잠깐 시간이 남아
말없이 마루를 한번 더 훔치고
돌아갔는가
지싯지싯 매운 내가 오르는
눅눅한 아궁이에
환한 등걸 하나를 지펴

깊숙이 질러놓고 곰곰,
구들을 밟아 떠났는가
이 저녁 나는
허공을 보고 이야기하네

우륵

1

가얏고라고 했다 사내는 그 악기를 강물에 버린 지 이미 오래다 푸른 공명반에 명주실을 꼬아 만든 열두 줄, 칼로 그 줄을 차례로 끊고 통째로 강물에 던져버렸다 줄마다 기러기발을 받쳐놓은 흐린 강물이 거듭 소리의 새 옷을 입고 태어난다 마주한 한 곡조가 긴 꼬리지느러미를 달고 물살을 거슬러올라 얼룩진 사내의 눈자위를 파고든다

저녁이 오고 있는가, 사내가 운다

불 지르고 싶은, 아니 문지르고 싶은 물살 하나를 데불고 와 사내는 저 혼자서 운다 그때마다 강물은 제 발밑에 두터운 소리의 그늘을 부리고 팽팽하게 당겨놓은 현 하나하나를 퉁긴다 첨벙, 첨벙, 수면 위로 잘못 짚은 소리들이 물고기처럼 튀어올랐다가 사라진다

2

멀리 가는 물, 멀리 가는 소리

12현금, 12곡

강물은 다시 길을 이어 가던 길을 멀리 돌아가고 있다
햇빛이 물 위에서 소리없이 끓고 사내는 오늘도 강물을
조심스레 흔들어보다가 뒤돌아간다

3

가끔 언덕 위로 검은 염소를 끌어다 묶어놓고 사내는
한나절 강물만 내려다보았다 초조하게 우는 소리가 염소
의 울음인지 사내의 울음인지 강물은 끝내 알지 못했다
어느날 사내는 언덕에 앉아 천천히 자신의 몸을 부질없
이 튕겨보았다 얼굴을 만지다가 얼굴을 튕겨보고, 얼굴
속, 눈과 코와 입을 주섬주섬 튕겨보았다. 그리고 입모양
을 동그랗게 말아 아, 하고 소리를 내어보았다 그러자 눈
물이 나왔다

사내는 세상에서 가장 아름다운 음(音)이 울음이라는 것을 그제야 알아차렸다 그러자 울음을 멈출 수가 없었다 소리를 따라 온몸이 함께 울고, 서럽고 서러운 생각들이 울림통이 되어 몸을 진동시켰다 울음 속으로 죽은 아버지와 어머니가 다녀가고, 살던 초가집이 들고, 앵두꽃이 피고, 들것에 실려나간 누이들이 왔다갔다

4

사내는 가만히 젖은 손을 들어 하늘에 새를 그려보았다 그러자 새 한 마리가 하늘에 돋아 지저귀었다 다시 검은 구름을 그려보았다 그러자 빗방울이 듣기 시작했다 마지막으로 사내는 자신이 손수 끊어버린 열두 줄 가얏고를 조심스레 강물 위에 그렸다 그러자 가얏고 한 채가 물 위로 떠올랐다 사내는 천천히 가얏고 속으로 들어갔다 소리의 수족들이 사내의 몸을 붙잡았다 강물은 이미 산의 처마그늘에 들어 가라앉고, 강물이 발목을 적시고, 무릎을 적시고, 젖가슴을 적시고, 턱을 천천히 적셔도 사

내는 계속 가얏고 속으로 들어갔다

5

강물은 사내가 버린 악기를 반듯하게 받쳐들고 있다
오늘 사내는 다시 또, 어느 국(國)으로 쓸쓸히 망명을 가
고 있는가, 망한 나라의 음악으로 가파른 벼랑 끝에 앉아
사내는 슬픈 탄금(彈琴)을 시작했다

하류

갱조개를 잡던 아이가
입에 손을 대고 허리 굽혀 웃었다
산그림자가 검은 노를 저어
천천히 강을 건너고
징검다리엔 한 계집아이가
치마로 제 다리를 폭 싸맨 채
웅크리고 앉아 느릿느릿 오는
검은 배 한 척을
기다리네
어둠이 깃들어 스스로 가라앉는 강물 속
은어떼가 산다는
뒷산에서는
반쯤 몸을 담근,
떠내려온
쑥국새 우는 소리

만삭

　새벽녘 만삭의 아내가 잠꼬대를 하면서 운다. 흔들어 깨워보니 있지도 않은 내 작은마누라와 꿈속에서 한바탕 싸움질을 했다. 어깨숨을 쉬면서 울멍울멍 이야기하다 자신도 우스운 듯 삐죽 웃음을 문다. 새벽 댓바람부터 나는 눈치 아닌 눈치를 본다. 작은마누라가 예쁘더냐, 조심스레 물으니 물닭처럼 끄덕인다. 큼직한 뱃속 한가득 불안을 채우고 아내는 다시 잠이 들고, 문득 그 꿈속을 다녀간 작은마누라가 궁금하고 보고 싶다. 잠든 아내여, 그리고 근처를 서성이는 또다른 아내여. 이 늦봄의 새벽녘, 나는 지척의 마음 한자락을 물끄러미 들여다본다. 언제쯤 아내가 숨겨놓은 작은마누라를 내 속으로 몰래 옮겨올 수 있을까. 번하게 밝아오는 창밖을 바라보면서 아내의 꿈속을 오지게도 다녀간 사납지만 얼굴 반반한 내 작은마누라를 슬그머니, 기다려본다.

오후

암자에는 아무도 없다
털이 북실한 강아지 세 마리가
낯가림 없이 꼬리를 치며 달려나와 배를 뒤집었다
개밥그릇엔 며칠치 사료가 부어져 있다

마당 한 귀퉁이엔 저 혼자 목단이 피어 환하고,
문마다 꼭 닫혀 있다

문틈으로 안을 들여다보고는
계곡물을 받아쓰는 샘에서
물을 떠 입을 헹구고 손을 씻고 터벅터벅
다시 걸어내려왔다
풍경소리가 들렸다

오는 길에 노인 두 명이 암벽에 붙어 있는 뭔가를 따기에
물어보니,
석이(石耳)라고 했다

돌의 귀

늦은 오후인데도 날이 뜨겁다
누가 들을 것 같아
아, 하고 소리를 내보았다

치약

한번 짠 치약은 다시 넣을 수 없다

어린 시절 군것질거리가 없어 봄햇살 번지는 담장 밑에 앉아 몰래 치약을 먹은 적이 있다 손끝에 조금 짜서 먹었더니 입안이 화하고 참 달달했다 조금 더 짜서 먹고 조금 더 짜서 먹다보니 나중엔 치약 한 통을 거의 다 먹어버렸다

저녁 무렵, 아버지가 내 뒤꼭지에 슬쩍 한마디를 흘린다, 큰일 났네 누가 그 독한 치약을 한 통 다 먹었나봐, 그걸 한꺼번에 먹으면 멀쩡한 어른들도 성치 않지, 누군지 모르겠는데 오늘 중으로 물 세 바가지는 먹어야 죽지 않을 텐데 말야

뒤척뒤척 나는 잠을 못 이루다가 식구들이 자는 틈을 타 몰래 부엌에 나가 바가지에 물을 떠마시고, 갑자기 방 안에서 너 오밤중에 부엌에서 뭐 하냐? 어머니의 목소리

와 함께 키득거리는 소리가 들린다

　나는 오로지 살아야겠다는 일념으로 바가지에 얼굴을
박고 꿀꺽꿀꺽 남은 물을 마시는데

　어느덧 나도 그 아버지의 나이,
　치약처럼 짜인 아버지는 영영 이 세상에 없고
　이 한밤중 나는 무슨 이유로 부엌에 나가 꿀꺽꿀꺽 세
바가지의 물을 혼자 마시고 있나

손님

구렁이 한 마리가 담을 넘는다
담을 넘으며 혀를 날름거려
한곡 노래를 하고

은수네 방금 난 송아지를 삼키고
꽃뱀으로 변했다가
누룩뱀이 되었다가
칠점사로 변했다가

구렁이는 담에 은근슬쩍
다리 하나를 걸치고
한동안 제 자지를 만지다가
주체할 수 없이 커지는
제 자지를 만지다가

크게 심호흡을 한번 하고
물 한모금 먹고

하늘 한번 쳐다보고

까치발로 서서
노란 감꽃에 큼큼, 제 콧구멍을 맞추고
미소 한번 짓고
허물 한번 벗고
다시 하늘 한번 쳐다보고

담 너머로 내내 징그런 머리를 넘겨
길고 지겨운 몸통을 넘겨
사라지지 않는 꼬리를 넘겨
있는 듯 없는 듯
훌쩍,
담을 뛰어넘는다

입

경주 남산을 오르다보니
산기슭에 목 없는 석불 하나가
오도카니,
가부좌를 틀고 앉아 있다

한 손은 무릎 위,
다른 한 손은
손바닥을 하늘로 하여 가슴 아래께에 놓여 있는데
누가 장난으로
그 위에 빨간 방울토마토 하나를 올려놓았다
저걸 어떻게 먹으란 말인가
석불은 입이 없어
마냥 들고만 있다

입이 생길 때까지,
입이 생길 때까지,

거위들

아침나절 물가로 나갔던 거위들이 줄지어 집으로 돌아
가고 있지
　나는 조용히 그걸 바라보고 있지

　어김없이 울타리를 돌아
　풀이 우거진 돌배나무 곁을 지나
　말뚝을 지나
　저녁의 어두운 마당을 지나
　왔던 길 그대로
　인색하게, 아주 인색하게
　왔던 길 그대로
　바깥에서 안으로, 안으로
　어디에도 한눈팔지 않고
　고스란히

　엉덩이를 흔들며
　한발 한발 거위 속으로 들어가는
　일가(一家)

푸른 고치

시골집에서 상자에 찰옥수수를 담아
소포로 보내왔다
포장이 단정하다
옥수수를 내려다보니
옥수수는 단단히 스스로를 포장하고 있다
몇겹 포장지에 겹 싸여 있다
포장지를 벗기니
다칠까
또, 실뭉치가 가득하다
자신이 얼마나 귀하여
옥수수는 이토록 스스로를
꼭 감싸안았을까
나는 나를
이만큼 사랑하지 못했다

향수와 비애

구모룡

첫시집의 표제시인 「악어」는 고영민의 주된 시적 경향을 반영하지 않는다. 그의 시가 보이는 의식지향은 유년에 대한 향수이거나 가족을 기본 구성으로 하는 유기적인 삶과 연관된다. 그럼에도 그는 그의 시세계를 대표하지 않는 이 시를 첫시집의 표제시로 내세웠다. 「악어」는 도시에서의 삶을 악어가 득실거리는 강을 건너야 하는 '누떼'의 생존을 위한 고투에 비유한다. 특히 도시를 표상하는 지하철을 누를 물어가는 악어에 견준 것은 단순한 기지를 넘어선다. "이 건기(乾期)의 땅, 유유히 강은 흐른다"는 결구의 그로테스크 이미지가 시사하듯 시인의 비전이 표출된 것으로 보아도 무방하다. 시인의 시적 지향은 이러한 환멸의 도시 저편에 있다.

그렇다면 도시적 삶에 대한 환멸이 시인을 만든 것일까? 아니면 농촌에서의 유년의 삶이 시인이 되게 한 것일까? 환멸과 향수는 서로가 서로에게 원인이며 상호 길항한다. 이 둘은 고영민의 의식세계가 만들어내는 진자운동의 양 끝지점이다. 진자의 양 끝 사이에 무수한 운동이 있듯이 고영민의 시는 환멸과 향수 사이에서 생산된다. 하지만 그는 환멸의 서정을 선호하지 않는다. 선뜻 위악의 세계로 발을 들여놓지 못한다.

「악어」라는 예외를 통해 강조하려는 시인의 시세계는 두번째 시집에서도 여전하다. 그의 시는 많은 경우 구체적인 향수의식을 보인다. 고향과 부모에 대한 추억은 고영민의 시를 구성하는 중심 얼개이다. 그는 혈연으로 맺어진 유대와 자연스럽게 형성된 사물과의 관계에 익숙한데 이는 유년의 농촌 경험에서 비롯한 것이라 할 수 있다. 유년의 경험은 그의 시에서 크게 두 가지 양상으로 나타난다. 그 하나는 가족에 관한 이야기이고 다른 하나는 사물에 대한 열린 감수성이다.

지난주말 시골집에 갔는데 우리집에 참, 이상한 새 한 마리가 산다. 배 쪽은 짙은 밤색, 등 쪽은 검은색, 깃에는 흰색 점이 박힌 참새만한 새인데 이 새는 하루종일 마루에 걸어놓은 거울에 와서 논다. 파르륵, 날갯짓을 하며 거울을 오르락내리락하는데 어머니 말씀대로, 살면서 세상에 별놈의 새를 다 본다. 거울 속 제 모습을 두고 짝이라고 생각하는 듯싶다. 저녁 무렵, 아버지가 이런 말씀을 하신다. 여름에 안방으로 새 한 마리 들어왔기에 들고 있던 파리채로 그만 후려갈겼다. 그게 짝인갑다. 아버지도 참…… 그래서 내가 팔순의 아버지께 왜, 그 새를 죽였냐고 난생처음 버릇없이 화를 내었다. 그리고 내 얼굴이 비치는 그 마루의 거울 속을 오랫동안 들여다보았다.　　　　　　　　—「거울」 전문

하나의 삽화에 불과하지만 이 시에서 보이는 화자의 태도는 결코 단순하지 않다. 시에 등장하는 사물과 화자를 등치시키는 수법은 고영민의 시에서 빈번한데 이 시에서도 화자는 '새'에 대한 연민을 넘어 공감에 이를 뿐 아니라 마침내 자기의 분신으로 간주한다. 아울러 짝을 잃은 '새'의 행위를 자기인식으로 끌고 가는 화자의 태도는 고향에 대한 시인의 입장을 이해하게 한다. 시인에게 고향은 거울 속의 허상이 아니라 하나의 근원으로 내면에 존재한다. 그 고향에 집이 있고 아버지와 어머니가 있

다. 하지만 세월의 풍상 속에서 고향도 변화하고 부모 또한 떠나게 마련이다. 귀향을 통하여 행복의 기억을 반추하는 한편 상실의 슬픔을 감내하는 것은 피할 수 없는 일이다. 이 대목에서 고향이야기는 존재론과 관계론으로 번져난다.

유년에 대한 향수가 사물에 대한 열린 감수성으로 발전하는 것은 유년의 경험이 지닌 유기적 성격에 기인한다. 가족공동체에서 체득한 사랑의 인간관계와 모든 사물들이 연관되어 자연을 구성하고 있다는 유기적 세계관은 시인의 일관된 아비뛰스(habitus)이다. 열린 감수성은 이러한 아비뛰스가 형성한, 사물과 의식의 끊임없는 교섭 과정이라 할 수 있다.

어머니가 개밥을 들고 나오면
마당의 개들이 일제히 꼬리를 치기 시작했다
살랑살랑살랑

고개를 처박고
텁텁텁, 다투어 밥을 먹는 짐승의 소리가 마른 뿌리
쪽에서 들렸다
빈 그릇을 핥는 소리도

들려왔다

이 마른 들판 한가운데 서서
얼마나 허기졌다는 것인가, 나는

저 한가득 피어 있는 흰 꼬리들은
뚝뚝, 침을 흘리며
무에 반가워
아무 든 것 없는 나에게 꼬리를 흔드는가
앞가슴을 떠밀며, 펄쩍
달려드는가   ──「갈대」 전문

　이와 같이 멋진 병치를 가능하게 하는 것은 유년에 대
한 향수가 만든 감수성이다. 어머니와 강아지/'나'와 '갈
대'의 병치는 어머니와 나의 관계에서 유발된다. 어머니
에 대한 그리움, 존재의 허기는 '나'로 하여금 "마당의 개
들"을 떠올리게 하고 그들을 공감하게 하며 '나'와 '갈대'
의 관계로 전이된다. 이러한 과정에서 주목할 대목은 향
수가 이끌어내는 자기인식이다. 시인은 "아무 든 것 없는
나"라는 인식을 통하여 타자의 고통을 이해하고 사물에
대한 사랑과 배려를 확장한다. 특히 '나-너'의 관계론은

첫시집 이래 지속된 문법이다. "가진 것 없이 매달린 내
가/너에게 오래오래 가닿는 길은/축축하고 무른 땅에
떨어져 박히는 것/네 입속에 혀를 밀어넣듯"(「네 입속에
혀를 밀어넣듯」) '나'는 '너'를 만나고자 한다. 이는 자기만
의 감성으로 타자를 일방으로 구속하는 것이 아니라 상
호교감하고 서로 스며드는 관계를 염원하며 더 나아가
모든 생명을 가진 것에 대한 존중과 공경으로 이어진다.
가령 새끼를 낳으려 아궁이로 든 고양이를 위해 불을 지
필 수 없어 냉골에 누워 잠든 식구들 이야기(「아랫목」)는
시인의 감수성이 형성된 배후를 시사한다. 실제 시인의
가족사에서 '아궁이'의 전설은 두텁다. "내 아버지가/저
아궁이 속에 숨어/목숨을/목숨을/연명했다는/슬픈 전
설"(「아직도 어둡고 찬」)이 있기 때문이다. 시인은 타자의
생명을 위해 감수되어야 하는 고통을 이해한다. 이래서
시인의 향수의식이 고향에 대한 배타적 집착과 가족주의
로 귀결되지 않는다. '아궁이'가 지닌 양면성을 이해하듯
이 삶에 대한 시인의 인식 지평이 깊다. 시원의 유혹을
이겨낼 만큼 생활에 대한 긍정, 삶에 대한 사랑을 체득하
고 있는 것이다.

가끔 나는 등뒤에서 누가 부르기라도 한 듯

걸어온 길을 돌아다봤다
소실점처럼 어떤 것으로부터 나무도, 너와 나도
점점 멀어져가고
너도 나처럼 그 길의 후미를 몇번이고 돌아다봤다
그곳엔 몇백년을 한곳에 서서
눈을 맞고, 말없이 얹힌 눈을 털어내고 있는
정오의 싸이프러스가 있었고
그 사이로 난 눈길이 있었다
　　　　　　——「싸이프러스 사이로 난 눈길을 따라」부분

　시원의 세계는 "누가 부르기라도 한 듯" 시인을 유인한
다. 순백의 아름다움, 의연한 지속, 화해와 행복은 시인
이 결코 포기할 수 없는 가치들이다. 말할 것도 없이 현
실은 이러한 가치들을 훼손하거나 휘발시킨다. 시인이
이러한 가치를 추구하는 것은 세속과 초월의 대립이 아
니며 위악적인 현실 속에서 위선을 걷어내고 진정성을
지키려는 자기에 대한 배려에 해당한다. 시인은 시원의
기억, 유년의 추억을 통하여 현실과 거리를 만드는 한편
그 현실과 타협하려는 자신을 경계한다. 그러므로 시인
에게 되돌아보는 행위인 향수는 심리적 퇴행과 다르다.
향수가 만드는 현실과의 차이는 일종의 부정성이다. 물

론 이것이 현실을 전복하는 힘을 갖진 못한다. 어디까지 나 이것은 한 시인의 내면의 문제이다. 그러나 이러한 시 인의 의식은 적어도 환멸의 세계를 견뎌내는 희망의 단 초가 된다.

고영민에게 시원은 궁극적으로 도달해야 하는 지점이 아니다. 모든 것을 무로 돌리는 세계상실을 의미하는 것 도 아니다. 그것은 하나의 출발이며 근거이다. 따라서 시 원의 감성으로 세계에 대한 비극의 담을 쌓지 않는다. 오 히려 그는 존재와 사물과 교응하면서 생명적 연대를 갈 망한다. 가령 첫시집의 「볍씨 말리는 길」에서 말한 "누런 볍씨 속에 들어 있는 흰쌀, 영혼들. 나는 문득 저 길의 끝, 일년 내내 못물에 발목을 적시며 준비한 정갈한 저녁밥 상을 떠올립니다"라는 구절을 상기할 수 있다. 이번 시집 에는 그 기원에 대한 지향을 지니되 순백의 서정에 탐닉 하지 않고 삶 속으로 귀환하는 시인의 표정이 담겨 있다.

여섯살 된 딸이 생선을 먹다가 목에 가시가 걸렸다 밥 한 숟가락을 떠 씹지 말고 삼키라 했다 딸아이는 울 며 입속의 밥을 연신 우물거린다 씹지 말고 삼켜라 그 냥 씹지 말고!
어릴 적 나도 호되게 생선가시 하나가 목에 걸린 적

이 있다 밥이 삼켜지지 않았다 아버지는 직접 밥 한 술
가락을 떠 꿀꺽, 씹지도 않고 삼켜 보였다 그리고 아,
입을 벌려 당신의 입속을 나에게 보여주었다

—「당신의 입속」전문

이처럼 시인은 지속의 가치를 견지한다. 이 시가 시사
하듯 유년의 경험은 추억으로 그려지는 것만 아니라 현
재의 삶과 연속성을 지닌다. 그만큼 아버지와 어머니에
대한 기억이 시인의 삶에서 차지하는 비중이 크다. 하지
만 시인의 어머니와 아버지도 육체를 지닌 인간의 한계
를 피하진 못한다. 첫시집의 「어머니 괴담」이 세상을 떠
난 어머니에 대한 그리움을 말하고 있듯이 「치약」은 "어
느덧 나도 그 아버지의 나이,/치약처럼 짜인 아버지는
영영 이 세상에 없고/이 한밤중 나는 무슨 이유로 부엌
에 나가 꿀꺽꿀꺽 세 바가지의 물을 혼자 마시고 있나"라
고 아버지에 대한 갈망을 표출한다. 「과수원」「효자」등
의 시가 말하고 있듯이 시인은 오랫동안 유년의 감수성
을 유지해온 것으로 보인다. 이러한 시인에게 어머니와
아버지 상실이 던지는 의미는 매우 클 것이다. 다시 말해
서 죽음에 대한 인식, 생의 유한성에 대한 자각이라는 문
제의식은 그의 향수의식에 포개지게 된다.

설풋한 모과 하나를 주워다가
책상에 올려놓았다
저 흉중에도 들고나는 것이 있어
색이 돋고 향기가 난다
둥근 테두리에 들어 있는
한켠 공중(空中)
가끔 코를 대고
흠, 들이마시다보면
어릴 적 맡은 어머니 겨드랑이 냄새가 났다

모과의 얼굴 한쪽이 조금씩 썩기 시작했다
모과 속에 들어 있던 긴 시간
한여름의
그늘냄새, 매미소리

내 방 허공중에
매일 하루치의 제 것을 조금씩 꺼내 피워두던
모과 하나가
말끔히 한몸을 태워
검은 등신불로 앉아 있다

                                   ─「모과불(佛)」 전문

이 시를 통해 향수와 현실의 거리를 읽는 것은 지나친 일이 될지 모른다. 그럼에도 이 시가 향수의 공간보다 생활공간을 착목하고 있는 것은 틀림이 없다. 적어도 이 시에서 향수는 "어릴 적 맡은 어머니 겨드랑이 냄새" 정도로 스쳐지나간다. 여기서 중요한 것은 부패와 고갈의 시간을 수용하는 태도이다. 까맣게 말라버린 모과에 "검은 등신불"의 지위를 부여하는 과장을 통해 시인은 삶에 대한 메씨지를 숨긴다. 그렇다면 시인은 어떤 의미를 숨기려 하였을까? 그것은 '울음'(「매미」) '슬픔'(「모과라 부를 수 없는 것」) '곡절'(「숨의 기원」) 등이 아닐까? 이에 대한 보다 분명한 답은 개화의 시기가 아니라 낙화의 감각을 뚜렷하게 드러내고 있는 「목련에 기대어」에서 찾아진다. "목련꽃은 먼 징검다리 같은 그 꽃잎을 지나,/적막의 환한 문턱을 지나/어디로 가고/말라버린 그림자만 후두둑,/검게 져내리는가". 시인이 지닌 생의 감각이 도드라지는 대목이다.

향수의식을 드러내지 않는 고영민의 또다른 시적 경향은 이처럼 두 가지 양상을 지닌다. '등신불'이나 '무위(無爲)'(「평상」)에 대한 지향과 울음과 슬픔을 내용으로 하는 생의 감각. 말할 것도 없이 이러한 두 경향이 서로 대립하는 것은 아니다. 그럼에도 나는 후자에 방점을 더하고 싶은 것이 사실인데 시인 역시 후자에 더 기울어 있다. "이유 없이 또 눈물이 나왔다"라는 「민박」의 결구처럼 생에 대한 근원적 비애를 품은 탓이다.

　　사내는 세상에서 가장 아름다운 음(音)이 울음이라는 것을 그제야 알아차렸다 그러자 울음을 멈출 수가 없었다 소리를 따라 온몸이 함께 울고, 서럽고 서러운 생각들이 울림통이 되어 몸을 진동시켰다 울음 속으로 죽은 아버지와 어머니가 다녀가고, 살던 초가집이 들고, 앵두꽃이 피고, 들것에 실려나간 누이들이 왔다갔다
　　　　　　　　　　　　　　　　　　　──「우륵」 부분

　어쩌면 시인은 이 시가 말하듯 "세상에서 가장 아름다운 음(音)이 울음이라는 것"을 알아차린 듯하다. "죽은 아버지와 어머니"가 의미하듯 살과 피와 뼈로 된 인간의 유한성에 대한 자각이 아닐까? "아버지가 돌아가시고/울음소리가 큰 여식을 하나 더 얻었다./고향집은 빈집이 되었다"는 「시인의 말」에서 답을 얻는다면 의도의 오류가 될까? 그럼에도 나는 "울음소리가 큰 여식"을 중의(重意)로 읽으려 한다. 유난히 빈번한 '저녁'의 이미지가 주목되기 때문이다.

이 저녁엔 사랑도 사물(事物)이다.

나는 비로소 울 준비가 되어 있다 천천히 어둠속으로 들어가는 늙은 나무를 보았느냐,

서 있는 그대로 온전히 한 그루의 저녁이다.

　　　　　　　　　　　　―「저녁에 이야기하는 것들」 부분

마치 '저녁'과 '울음'에 집중하겠다는 선언과 같다. 「우륵」에서 시인은 "저녁이 오고 있는가, 사내가 운다"라고 한 바 있다. 인용시의 결구는 "나무 속에서 참았던 울음소리가 비어져나온다"라고 진술한다. 모두 내부로부터 터져나오는 속울음에 대해 말하고 있다. 역시 「검은 발자국」은 이러한 속울음의 원인이 '아버지'의 죽음이라고 말한다. "아――/저물어간다는 건/이렇게 노을을 입고 시간이 사람처럼 늙어간다는 것/내 신고 있는 검은 발자국 속/늙은 아이처럼,/아랫논배미의 뜸부기가/드문드문/울었다가 그치는 소리". 그러므로 시인은 향수가 아니라 비애를 노래하고 있는 것이다.

노을이 붉다. 무엇에 대한 간곡한 답례인가. 둑방에 매인 염소 울음소리가 하늘 끝까지 들렸다. 배롱나무

가지엔 꽃이 얼마 남아 있지 않다. 백일 동안 붉게 핀
다는 이 꽃은 언제 처음 이 가지 끝에 달렸을까. 문간
에 앉아 담배 하나를 피워 물고 가늘게 눈을 찌푸리며
꽃의 처음을 생각했다. 저 꽃은 자신의 진분홍이 내내
설렜을까. 하루하루 지워나가는 백일의 생은 무엇이었
을까. 아마도 잠들지 못한 날들이었을 것이다. 끝물의
꽃은 처연하면서 아름답다. 하지만 그 기억도 이젠 곧
희미해질 테지. 파밭 사이로 그때나 지금이나 지루한
몇채의 함석집이 놓여 있고 미루나무가 서 있고 둑방
너머의 갯벌 한쪽 염전에는 삐그덕, 수차를 돌리는 검
은 씰루엣이 보일 뿐이다. 더 어두워지면 그도 저 둥근
쳇바퀴를 내려와야 할 것이다. 하지만 나에게도 그에
게도 오늘 이 하루 등뒤에 고스란히 남는 것은 흰 소금
꽃뿐. 또 백일을 고스란히 살아버린 꽃이 저녁 바람 속
에 한 숭어리로 진다. 그리고 풍경의 어떤 것도 그 떨
어진 꽃을 다시 줍지는 않는다. 울음소리로 보아 멀리
논에서 놀던 오리들이 이젠 제집으로 가고 있다

—「꽃과 저녁에 관한 기록」 전문

생명을 가진 것에 대한 연민은 유한한 존재의 속성이
다. 그러나 이 시가 말하고자 하는 것은 이러한 연민이

아니다. 저무는 하루와 지는 꽃잎, 빈집과 인적 없음, 제 집으로 가는 오리들의 울음소리. 이 풍경은 극도로 자제된 슬픔을 깔고 있다. 과연 붉은 노을은 "무엇에 대한 간곡한 답례"일까? 이에 대한 답은 없고 그저 하늘 끝까지 들리는 "염소 울음소리"로 암시되고 있을 뿐이다. 이어지는 백일홍의 일생에 대한 문답에서 한 생애에 대한 기억이 유추되기도 한다. 이는 "그때나 지금이나"라는 구절에 의해 뒷받침되고 있다. 하지만 이 또한 분명한 것은 아니다. 추억이든 존재든 저녁 뒤엔 모두 어둠에 덮이고 마는 것이다. 그렇다면 시인은 왜 비가를 품은 풍경을 서술하고 있는 것일까? 환멸의 도시를 멀리하고 향수의 한 고비, 낙화와 적막의 풍경 속에서 저녁의 슬픔을 영탄하고 있는 것인가? 참 어려운 지경이다. 지금 고영민의 시세계에는 서로 다른 지향들이 교차하고 있다. 이러한 시적 정황은 그에 대한 손쉬운 접근을 방해하는 요인이지만 달리 그의 가능성으로 받아들여도 무리가 없을 것이라 믿는다.

具謨龍 | 문학평론가

시인의 말

4년 만에 두번째 시집을 엮는다.
원고를 묶는 동안 말수가 적었던 아버지가 돌아가시고
울음소리가 큰 여식을 하나 더 얻었다.
고향집은 빈집이 되었다.

언젠가 정약용 선생의 「죽란시사첩」을 본 적이 있다.
매화가 피면 한번 모이고,
참외가 익으면 한번 모이고,
바람이 서늘한 가을이면 연꽃을 보러 서지에 모이고,
큰 눈이 오면 한번 모이고.

매화가 피고,
참외가 익고,
연꽃이 피고,
눈이 와도 이젠 모일 수 없는 것들이 내겐 있다.
모여앉아 도란도란 얘기할 수 없는 것들이 네겐 있다

그래도 나는 만나러 가야 한다.
혼자라도 만나 한나절 떠들고 실컷 울고 웃다 와야 한다.
매화가 피었기에,
참외가 익었기에,
서지에 연꽃이 피고 큰 눈이 왔기에.

2009년 1월
고영민

창비시선 297

공손한 손

초판 1쇄 발행 / 2009년 1월 20일
초판 8쇄 발행 / 2025년 3월 10일

지은이 / 고영민
펴낸이 / 염종선
책임편집 / 박신규
펴낸곳 / (주)창비
등록 / 1986년 8월 5일 제85호
주소 / 10881 경기도 파주시 회동길 184
전화 / 031-955-3333
팩시밀리 / 영업 031-955-3399 편집 031-955-3400
홈페이지 / www.changbi.com
전자우편 / lit@changbi.com

ⓒ 고영민 2009
ISBN 978-89-364-2297-4 03810